Uma proporção ecológica

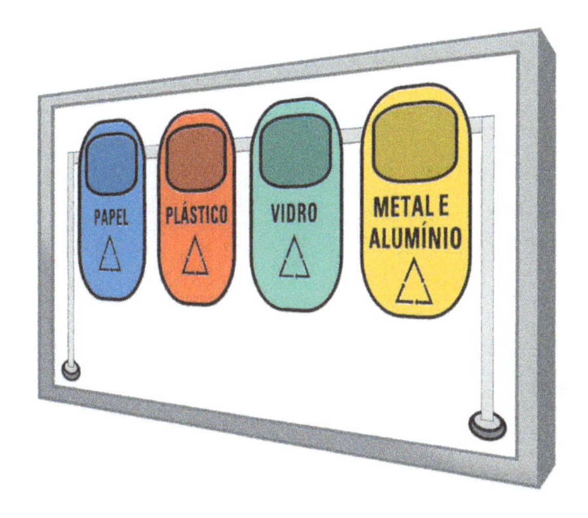

EDIÇÃO **REFORMULADA**

Uma proporção ecológica

Diretor editorial	Fernando Paixão
Editora	Claudia Morales
Editora assistente	Shirley Gomes
Minialmanaque	Ernesto Rosa
Preparadora	Carla Mello Moreira
Coordenadora de revisão	Ivany Picasso Batista
Revisoras	Carla Mello Moreira Luciene Ruzzi Brocchi Rita Costa
ARTE	
Projeto gráfico e editoração eletrônica	Homem de Melo & Troia Design Eduardo Rodrigues
Edição	Suzana Laub
Editor assistente	Antonio Paulos
Bonecos em massinha	Patrícia Lima
Ilustrações do Minialmanaque	Marcelo Pacheco
Fotos dos bonecos	Thales Trigo
Diagramação	EXATA Editoração

Agradecemos a Luiz Galdino e Nilson Joaquim da Silva pelas sugestões e apoio editorial.

A autora agradece as seguintes colaborações:
Limpurb (Departamento de Limpeza Urbana) — www.limpurb.sp.gov.br
USP Recicla — www.inovacao.usp.br/recicla
Recicle Milhões de Vidas — www.reciclevidas.org.br
CEMPRE — www.cempre.org.br
Apliquim — www.apliquim.com.br

CIP-BRASIL. CATALOGAÇÃO NA FONTE
SINDICATO NACIONAL DOS EDITORES DE LIVROS, RJ

R144p
21.ed.

Ramos, Luzia Faraco
Uma proporção ecológica / Luzia Faraco Ramos; ilustrações Robson. - 21.ed. - São Paulo : Ática, 2002.
80p. : il. - (A descoberta da matemática)

Inclui apêndice: Minialmanaque
Contém suplemento de atividades
ISBN 978-85-08-08207-0

1. Proporção - Literatura infantojuvenil. 2. Matemática - Literatura infantojuvenil. 3. Literatura infantojuvenil brasileira. I. Araújo, Robson Alves de. II. Título. III. Série.

11-4320 CDD: 028.5
CDU: 087.5

ISBN 978 85 08 08207-0 (aluno)

CL 732129
CAE 218632

2024
21ª edição
23ª impressão
Impressão e acabamento:Log&Print Gráfica, Dados Variáveis e Logística S.A.

Avenida das Nações Unidas, 7221
Pinheiros – São Paulo – SP – CEP 05425-902
Atendimento ao cliente: (0xx11) 4003-3061 – atendimento@aticascipione.com.br
www.coletivoleitor.com.br

Uma proporção ecológica

Luzia Faraco Ramos

Matemática e
psicopedagoga

Ilustrações
Robson

editora ática

As mil e uma equações
Ernesto Rosa
equações de 2º grau

Aventura decimal
Luzia Faraco Ramos
números decimais

Como encontrar a medida certa
Carlos Marcondes
perímetros, áreas e volumes

Encontros de primeiro grau
Luzia Faraco Ramos
equações de 1ª grau

Frações sem mistérios
Luzia Faraco Ramos
frações: conceitos fundamentais
e operações

História de sinais
Luzia Faraco Ramos
conjunto dos números inteiros

O código polinômio
Luzia Faraco Ramos
polinômios

O que fazer primeiro?
Luzia Faraco Ramos
expressões numéricas

O segredo dos números
Luzia Faraco Ramos
sistemas de contagem
(em diversas bases/decimal)
e potenciação

Uma proporção ecológica
Luzia Faraco Ramos
razão, regra de três e porcentagem

Uma raiz diferente
Luzia Faraco Ramos
raiz quadrada e raiz cúbica

Mari, Isabela, Lina, Roberto, Pedro e Gustavo são responsáveis por orientar as pessoas sobre a coleta seletiva de lixo numa cidade do interior. Com eles, você vai descobrir quanta economia se pode fazer usando lixo!

E o **Minialmanaque**, no final do livro, traz várias curiosidades matemáticas e desafios interessantes para você!

Boa leitura e... divirta-se!

Sumário

Isabela

Roberto

Mari

1 Projeto Vida

Aquela seria a primeira vez que Mari viajava sem a família. Por isso, na véspera da partida, havia em sua casa uma mistura de apreensão e comemoração.

— Ai, filha, ainda não consigo me acostumar com a ideia de que você vai viajar sem nós...

— A gente vai se divertir, mãe! O pessoal do projeto é muito legal. E não se esqueça de que, em todo o mundo, milhares de jovens vão participar da Semana Mundial do Meio Ambiente.

— Nós estamos orgulhosos de você, filha — disse o pai, abraçando-a, carinhosamente, entre uma garfada e outra de pizza.

Após o jantar, entre uma ida e outra à cozinha, Mari viu a mãe dobrando a embalagem da pizza:

— Mãe, o que você está fazendo?

— O que você me ensinou... separando o papelão para a reciclagem!

— Mas tem de ser papel limpo! Só dá para aproveitar a parte de cima, a de baixo está engordurada.

A garota pegou o saco e falou:

— Coloque a tampa da pizza aqui... Vou amassar as latinhas de refrigerante pra ocupar menos espaço.

— Mari, você sabia que cada latinha de alumínio reciclada economiza energia elétrica equivalente ao consumo de um aparelho de televisão ligado durante três horas?!

— Sabia, papai. E você aprendeu isso lendo no meu caderno... — respondeu ela, rindo.

O pai também riu enquanto lavava uma garrafa de vinho vazia. Naquela casa, todos haviam aderido à coleta seletiva de lixo. A grande incentivadora, no entanto, havia sido a garota.

— Bem, agora que já está tudo arrumado, podemos ir dormir. Quero que esteja descansada para a sua viagem amanhã, querida — e a mãe se despediu, dando-lhe um beijo.

Pela manhã, Mari juntou-se às amigas Lina e Isabela. De longe, com seus chapéus coloridos e suas mochilas, mais pareciam as tartarugas ninjas. Ao passarem por três rapazes sentados na calçada, ouviram o comentário:

— Essas meninas vão precisar de um ônibus só pra bagagem.

Mari retrucou no ato:

— Se acha que é muita coisa, por que não ajuda?

— Está vendo? Quem mandou provocar as meninas? — repreendeu Gustavo.

— Puxa, Roberto, dê um tempo! Não vamos arranjar confusão, tá? — completou Pedro.

— Qual é, gente? Eu só fiz um comentário!

Naquele instante, ouviram uma voz chamando:

— Atenção, pessoal, venham todos para cá.

Era Gabriel, biólogo e coordenador do Projeto Vida. Sua tarefa era despertar nos jovens o respeito pela natureza, a preocupação com a conservação do meio ambiente e, acima de tudo, criar uma consciência que levasse a uma qualidade de vida melhor.

— Vamos passar os próximos vinte dias juntos — começou Gabriel — e pesquisar sobre coleta seletiva de lixo. Vocês vão conhecer outros pesquisadores ligados a projetos diferentes. Assim, todos terão oportunidade de aprender e ensinar.

Enquanto ele falava, Isabela cochichava com as amigas:

— Que gato!

— Isabela!

— Ela tem razão, Lina — interveio Mari.

Indiferente aos comentários, o coordenador prosseguia:

— Hoje vamos passar o dia inteiro no micro-ônibus. O sítio Jari fica na divisa do estado; portanto, preparem-se para um longo dia de viagem! E agora, garotos, ajudem suas colegas com a bagagem.

Devidamente alojados no micro-ônibus, Pedro notou um certo ar de molecagem no rosto de Roberto e comentou:

— Pensei que fosse ficar bravo por ter de ajudar as garotas.

— Até que não... Ajudei como pude...

Pedro, que conhecia bem o amigo, ficou desconfiado. E não demorou muito para que Mari descobrisse o que o garoto havia aprontado. Ao tentar abrir a mochila, mostrou:

— Lina, Isabela, vejam! — No fecho, havia um bilhete escrito "trava de segurança" e uma bola de chiclete esmagada sobre o zíper...

No finzinho da tarde, chegaram ao sítio. À espera deles estava uma mulher jovem e muito bonita, que foi apresentada por Gabriel:

— Pessoal, esta é a Rebeca. Ela vai supervisionar o nosso trabalho e o de outros grupos que também estão alojados aqui.

— Bem-vindos ao Jari — começou ela. — Aqui, vocês vão trabalhar em equipes. Assim, teremos a equipe Terra, formada por Lina, Mari e Isabela, e a Fogo, formada por Pedro, Gustavo e Roberto.

Rebeca e Gabriel continuaram organizando as equipes e, em seguida, deram as instruções sobre os alojamentos — dois grandes e rústicos galpões repletos de beliches. O das meninas ficava perto do refeitório; e o dos garotos, um pouco mais distante, ao lado do lago.

Após o jantar, quando todos trataram de ir dormir, as três amigas ficaram conversando. Mari ainda estava furiosa com os garotos por causa da história do chiclete. E um fato novo as ajudou na vingança.

Na saída do refeitório, Roberto e Pedro tinham afundado os pés numa poça de lama, e Lina viu quando eles tiraram os tênis para lavar no tanque que ficava entre os alojamentos, colocando-os em seguida para secar numa mureta.

— Vamos ajudá-los a secar os tênis, amigas — Mari tomou a iniciativa, com um riso maroto.

Acobertadas pela noite, em poucos minutos consumaram a vingança.

2 Mobilizando a cidade

Na manhã seguinte, Roberto e Pedro foram os últimos a entrar no refeitório para o café. Os tênis deles já estavam secos, mas com uma extravagante pintura de bolinhas cor-de-rosa, feitas com esmalte de secagem ultrarrápida.

Os dois não tinham muita certeza de quem tinha feito aquilo até que ouviram:

— Que gracinha de tênis! — comentou Mari.

— Isso não vai ficar assim, não — disse Roberto para os amigos. — A guerra está declarada.

Rebeca e Gabriel perceberam logo que as duas equipes não estavam se dando bem e resolveram ter uma conversa séria com os jovens. Foi Rebeca quem falou primeiro:

— Olha, gente, um dos objetivos do Projeto Vida é estabelecer uma integração entre os grupos dos diversos projetos. Como podemos propor isso se vocês não se entendem?

Ela fez outros comentários sobre solidariedade e espírito de equipe. Depois, Gabriel passou a explicar o que fariam:

— Hoje à noite, vamos até a cidade. Haverá uma palestra para divulgar o projeto para a população. O prefeito conta com a nossa ajuda para motivar os jovens da cidade a participarem também. A equipe Terra vai distribuir folhetos chamando as pessoas para a palestra, e a equipe Fogo vai ajudar na montagem do palco na praça.

— Gabriel, tem uma turma no alojamento que trouxe violão, teclado e até bateria. A gente bem que podia fazer um show para atrair mais pessoas. O que você acha? — perguntou Roberto.

— Excelente ideia!

— Então, mãos à obra!

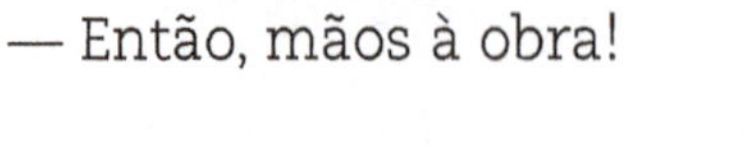

O show foi um sucesso. Ao final, subiram ao palco o prefeito, o responsável pela coleta seletiva da prefeitura, Gabriel e os coordenadores de outros projetos para esclarecerem a importância e as vantagens da coleta seletiva de lixo, tema central do encontro daquela noite.

O prefeito iniciou a explicação, auxiliado pela projeção de informações importantes no telão:

— O lixo domiciliar é o resíduo que geramos em casa e nas escolas. E nele encontramos muitos materiais que podem ser reciclados. A coleta seletiva consiste em separar esses materiais e levá-los até os Postos de Entrega Voluntária, os PEVs, de onde serão enviados para as indústrias que fazem a reciclagem.

— Qual a vantagem da coleta seletiva? — perguntou alguém.

O coordenador da prefeitura tomou a palavra e se pôs a explicar:

— Todo papel que usamos vem das árvores. Para fazer uma tonelada de papel novo são cortadas vinte árvores, e nesse processo se consome o dobro de energia e de água que seriam usa-

das se fossem utilizadas aparas de papel reciclado. As latinhas são feitas de alumínio, que é extraído da bauxita, por meio de um processo químico agressivo que polui o meio ambiente. O vidro pode ser totalmente reaproveitado, economizando água e energia. Os plásticos são produzidos com derivados de petróleo, que pode ser poupado. Podemos fazer plástico novo utilizando plástico reciclado e economizando metade da energia elétrica que se utilizaria para fazer plástico novo.

Após o coordenador da prefeitura, falou Gabriel:

— As indústrias precisam de muita água, eletricidade e combustível para produzir esses materiais a partir das matérias-primas. No entanto, quando se utiliza material reciclado, a economia é muito grande.

— Mas até agora temos jogado tudo isso no lixo — observou o prefeito.

— Quem quiser participar pode começar a separar esses materiais em suas casas e entregá-los nos PEVs. Vocês encontrarão esses postos em vários locais da cidade — orientou Gabriel. — Em cada posto haverá quatro contêineres de cores diferentes.

Quando ele falou, apareceu no telão:

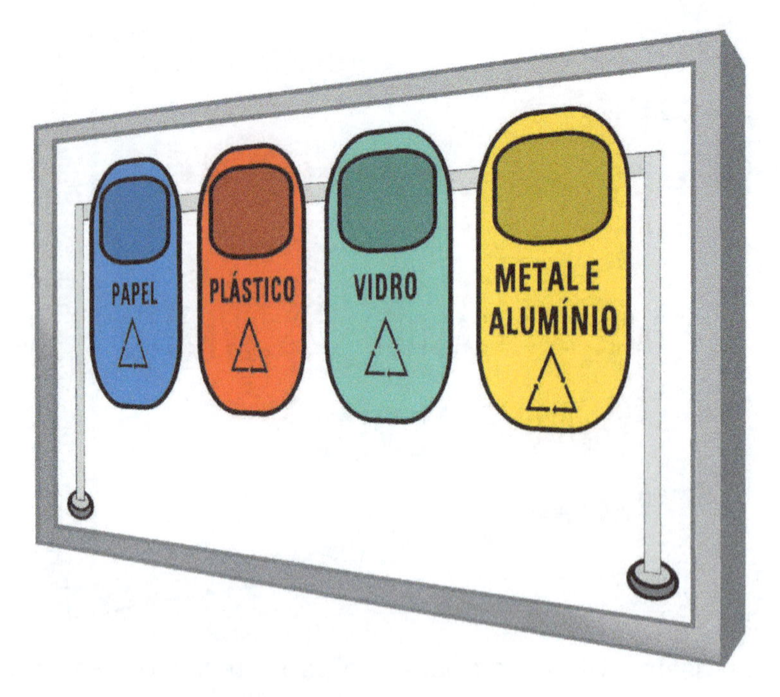

O prefeito, então, informou:

— Já temos muitas indústrias interessadas em comprar o que recolhermos. E o dinheiro obtido será revertido em benefício da comunidade.

O público aplaudiu com entusiasmo, apoiando a campanha. Porém, assim que as palmas cessaram, uma voz irritada se fez ouvir:

— Não concordo com muita coisa que foi dita aqui — quem falava era um homem com cara de poucos amigos. Depois, os garotos descobriram que ele fazia oposição cerrada ao prefeito e procurava sempre dificultar suas realizações. — Além da economia para as empresas e do lucro que a comunidade vai ter com a venda do material reciclável, essa tal de coleta seletiva traz algum benefício real para a população?

— O benefício depende da quantidade coletada — respondeu Gabriel. — Quanto mais material for encaminhado para reciclagem, maior será o benefício. Hoje em dia, em muitas cidades, no Brasil e no mundo, a reciclagem é um grande campo gerador de empregos. Somente no estado de São Paulo há mais de cem empresas que reciclam papel, papelão, metal, ferro, plástico, alumínio, vidro, saco de pano, estopa, tambor, pilha, bateria, óleo lubrificante, pneus, borracha, até bateria de celular e cartucho de tinta para impressora. Tudo isso hoje é reciclado. Vocês encontram os endereços dessas empresas na Internet.

E, aproveitando a oportunidade, João, o coordenador de um programa sobre água, passou a contar:

— No ano 2000, em Haia, na Holanda, ocorreu o I Fórum Mundial da Água, patrocinado pelo Banco Mundial e pela Unesco, reunindo representantes do mundo todo. O objetivo desse encontro foi discutir o problema do século: a escassez de água no planeta. A ONU prevê que no ano 2025 vai faltar água para dois terços da população mundial, que deverá ser de 8 bilhões de pessoas. Já em 1992, no Rio de Janeiro, as conclusões da ECO–92 eram alarmantes: "A água, o petróleo e a energia estão se esgotando em nosso planeta". Algumas providências vêm sendo tomadas, mas ainda é pouco. Está provado que a natureza consegue repor menos da metade do que retiramos dela.

As pessoas, que agora lotavam a praça da igreja, se sensibilizaram com as explicações e irromperam numa salva de palmas.

E no telão começaram a projetar as seguintes informações:

3 Apresentando a pesquisa

No caminho de volta para o sítio, Pedro comentou:

— Puxa, Gabriel, perto de você, o que a gente sabe é quase nada!

— Ninguém nasce sabendo. Essa frase é batida, mas é verdadeira. Vocês vão pesquisar, ler, coletar dados, fazer comparações, enfrentar as dificuldades que surgirem. Tenho certeza de que daqui a vinte dias vão ser especialistas no assunto. Jovens no mundo inteiro estão fazendo o mesmo que vocês agora: aprendendo com os problemas do dia a dia, criados pelo consumo desregrado dos recursos naturais do planeta.

Antes de se recolherem aos alojamentos, Rebeca deu as instruções para o início do trabalho:

— O PEV da praça central da cidade será supervisionado pela equipe Terra, e o da praça da estação será de responsabilidade da equipe Fogo. Vou supervisionar o trabalho dos outros jovens, mas o Gabriel estará sempre por perto. No final das atividades, vocês deverão apresentar um relatório sobre o trabalho desenvolvido. Por enquanto é só, turma.

No dia seguinte, no alojamento masculino, antes mesmo do café da manhã, os rapazes estavam montando sua estratégia:

— Se precisamos apresentar um relatório, vamos registrar o total coletado em cada dia — sugeriu Gustavo, o mais organizado.

— É isso aí — concordou Pedro.

Na terça à noite, eles mostraram ao Gabriel os dados do dia:

Fogo — 3ª feira

Papel: 5 kg Vidro: 6 kg
Plástico: 2 kg Metal: 3 kg
Total coletado: 16 kg

— É bom que façam o registro diariamente, mas sugiro que trabalhem com proporções, relacionando cada material com o total coletado.

— Como assim? — perguntou Gustavo.

— Pesquisem o conceito de proporção, pois irão precisar dele. Vocês encontrarão livros na biblioteca improvisada ao lado do refeitório.

E lá foram os três procurar o conceito de proporção. E não demorou muito para Gustavo localizar algo:

— Achei! Aqui diz que proporção tem a ver com razão.

— Fiquei na mesma — comentou Roberto. — Não sei o que é esse papo de razão...

— Então vamos ver se encontramos algo sobre razão. — Gustavo folheou algumas páginas até que... — Vejam só:

"Em um grupo, há um total de 3 meninos
para cada 2 meninas.
A razão entre os meninos e as meninas é 3 para 2
e pode ser escrita na forma de fração: $\frac{3}{2}$."

— Infelizmente aqui no sítio a razão de garotas e rapazes é de 1 para 1! — comentou Roberto.

— Depois falamos disso, agora a conversa é séria — reclamou Pedro.

Gustavo encontrou outro exemplo:

"Para fazer uma receita de um bolo, a cada 200 g de manteiga, juntamos 500 g de farinha."

— Que história de bolo é essa? — estranhou Roberto.

— Não precisa nem responder, Gustavo, continue — falou Pedro, olhando feio para Roberto.

"Dizemos que a razão da quantidade de manteiga para a de farinha é de 200 para 500 e representamos essa razão por $\frac{200}{500}$. Como a razão pode ser representada por uma fração, então todas as propriedades das frações valem para as razões."

— Acho que estou sacando alguma coisa — comentou Pedro. — É possível simplificar essa razão dividindo ambos os termos por 100!

$$\frac{200}{500} = \frac{2}{5}$$

— Portanto, a razão entre a manteiga e a farinha é de 2 para 5 ou em forma de fração $\frac{2}{5}$.

— Isso mesmo — concordou Gustavo, que havia encontrado outra informação importante:

"Numa razão, os números têm de expressar suas medidas na mesma unidade."

— Que será que isso quer dizer? — perguntou Roberto.

Pedro, mais atento, entendeu logo:

— É que só podemos comparar, por exemplo, metros com metros, quilômetros com quilômetros, quilos com quilos... Isto é, unidades iguais de medida.

— Ora, então estamos certos, nossos resultados são medidos em quilos — concluiu Roberto.

— Bom, vamos voltar para nossa tabela — propôs Gustavo.

Fogo — 3ª feira

Papel: 5 kg Vidro: 6 kg

Plástico: 2 kg Metal: 3 kg

Total coletado: 16 kg

— A razão entre a quantidade de papel e o total coletado é de 5 para 16 ou $\frac{5}{16}$ — completou Gustavo.

— No caso do plástico, são 2 partes para 16, ou seja, $\frac{2}{16}$. Epa! Podemos simplificar essa razão... Fica $\frac{1}{8}$.

— Certo. Roberto, qual é a razão entre o vidro e o total coletado?

— Simples: 6 para 16 ou $\frac{6}{16}$. Simplificando dá $\frac{3}{8}$.

— E a razão entre a quantidade de metal e o total é de 3 para 16, ou $\frac{3}{16}$ — concluiu Pedro.

— Muito bem! — parabenizou Gabriel, surpreendendo os garotos. — Continuem que o caminho é esse. Agora registrem em uma nova tabela a razão de cada material em relação ao total coletado.

Gustavo escreveu:

Fogo — 3ª feira

Razão entre cada material e o total coletado

Papel: $\frac{5}{16}$ Vidro: $\frac{3}{8}$

Plástico: $\frac{1}{8}$ Metal: $\frac{3}{16}$

Total coletado: 16 kg

— Quando registramos quantidades por intermédio das razões, comparamos cada parte com o todo — esclareceu Gabriel. E propôs a seguir: — Façam uma apresentação amanhã sobre o que pesquisaram!

— O quê? — protestou Roberto. — Vamos ensinar às meninas tudo isso que suamos a camisa para compreender?

Gabriel não precisou dizer nada. Bastou o seu olhar para que Roberto se desse conta de que aquilo não tinha sentido.

Na manhã seguinte, os rapazes deram um "show". As garotas ficaram realmente surpresas. Quando terminaram, Gabriel sugeriu que elas dessem continuidade ao tema, pesquisando mais sobre proporções. Assim, poderiam retribuir à equipe Fogo o que tinham aprendido naquela manhã.

Tão logo ficaram sozinhas, Mari, Isabela e Lina tiveram de concordar que eles tinham sido ótimos na apresentação.

4 Aprendendo sozinhos

As garotas passaram parte do dia atendendo às pessoas, distribuindo os folhetos explicativos e respondendo às perguntas mais diversas:

— Olha, moça, estou colocando aqui no cesto uma embalagem de xampu. Você tem certeza de que não vão encher de maionese? Isso é muito perigoso!

Ou então:

— Todo esse papel vai embrulhar o que depois?

E elas explicavam:

— Não se preocupem, tudo será processado, até que possa ser aproveitado de modo adequado...

Estavam tão atentas dando explicações que nem perceberam quando alguém se aproximou do contêiner onde estava sendo recolhido o papel e jogou alguma coisa lá dentro.

O dia passou depressa. Só depois do jantar, tiveram tempo de procurar os livros de Matemática para a pesquisa sobre proporção. Na manhã seguinte, após o café, foi a vez de a equipe Terra fazer sua apresentação.

Lina deu início:

— Ontem a equipe Fogo deixou claro o conceito de razão, que compara duas grandezas de mesma unidade de medida. Por exemplo, a razão entre cada tipo de material e o total coletado pela nossa equipe nestes dois dias foi a seguinte:

Terra — 3ª e 4ª feira

Razão entre cada material e o total coletado

Papel: $\frac{3}{5}$ Vidro: $\frac{1}{5}$

Plástico: $\frac{4}{25}$ Metal: $\frac{1}{25}$

Total coletado: 50 kg

— Observamos uma coisa interessante: como o nosso PEV fica próximo de uma escola e de alguns escritórios, acabamos coletando grande quantidade de papel. Com isso, percebemos que os resultados dependem da região onde é feita a coleta.

Enquanto Isabela escrevia algo na lousa, Mari comentou:

— O Gabriel pediu o conceito de proporção, aqui está:

Proporção é a igualdade de duas razões.

E continuou:

— Em nossa coleta, de 50 quilos, 30 quilos eram de papel. Então montamos a seguinte razão:

$$\frac{30}{50}$$

— Sabemos que as propriedades das frações também são válidas para as razões. Dessa forma, quando simplificamos essa razão por 10, encontramos a seguinte proporção:

$$\frac{30 : 10}{50 : 10} = \frac{3}{5}$$

— Porque 30 em 50 é equivalente a 3 em 5.

Roberto, porém, estava a fim de dificultar a exposição das garotas e começou a fazer perguntas:

— Proporção é só isso? Serve para o que mais?

Apesar da irritação que sentia, Mari respirou fundo e respondeu como se fosse a pessoa mais paciente do mundo:

— Caro colega, logo você terá sua questão respondida. Antes disso, é melhor ficar sabendo que podemos representar as proporções de outra maneira. Vejam...

Ela mostrou então o que Lina escrevia na lousa:

A proporção $\frac{30}{50} = \frac{3}{5}$

também pode ser escrita assim:

$30 : 50 = 3 : 5$

Lemos: 30 está para 50 assim como 3 está para 5.

— Vejam só a seguinte situação — chamou a atenção Isabela:

"Se um jovem nadar 800 metros em 6 minutos, também podemos dizer que ele poderá nadar 400 metros em 3 minutos."

E Lina escreveu a proporção e os nomes correspondentes dos termos:

extremo		meio		extremos
$\frac{800}{6}$	=	$\frac{400}{3}$	ou	$800 : 6 = 400 : 3$
meio		extremo		meios

Gustavo, que estava mais interessado em aprender do que em brigar com as garotas, propôs um exemplo:

— Então, se em 100 alunos 40 jogam basquete, podemos dizer que em 10 alunos 4 jogam...

Antes que ele pudesse completar sua ideia, Roberto o interrompeu:

— Mas ainda podemos simplificar essa razão por 2! Portanto, podemos dizer que em 5 alunos 2 jogam basquete!

— Isso mesmo, Roberto — incentivou Lina. — Neste caso, a proporção é a seguinte:

— E lemos da seguinte forma: 100 está para 40 assim como 5 está para 2 — completou Mari.

E Isabela continuou:

— Descubram qual cálculo relaciona os meios e os extremos entre si. Dica: "sempre acontece a mesma coisa".

E escreveu o desafio:

$8 : 10 = 4 : 5$ $\qquad$ $15 : 30 = 1 : 2$

$1 : 3 = 100 : 300$ $\qquad$ $2 : 5 = 6 : 15$

$800 : 6 = 400 : 3$ $\qquad$ $100 : 40 = 25 : 10$

Tentaram somar os extremos e somar os meios... nada. Tentaram fazer subtrações... e nada. Até que Pedro percebeu:

— Vejam só! Em todos os casos, quando multiplicamos o extremo pelo extremo e o meio pelo meio, os resultados obtidos são os mesmos!

E Pedro registrou o que havia descoberto:

40
8 : 10 = 4 : 5
40

30
15 : 30 = 1 : 2
30

300
1 : 3 = 100 : 300
300

30
2 : 5 = 6 : 15
30

2 400
800 : 6 = 400 : 3
2 400

1 000
100 : 40 = 25 : 10
1 000

Mari então concluiu:

— Isso mesmo! Numa proporção, a multiplicação entre os meios é igual à multiplicação entre os extremos.

Gabriel, contente com o envolvimento e a seriedade dos jovens, comentou o seguinte:

— Vocês acabaram de descobrir a **propriedade fundamental das proporções**. E lembrem-se de que a multiplicação também pode ser chamada de produto.

E resolveram escrever de forma bem destacada o que haviam descoberto acerca das proporções:

Propriedade Fundamental das Proporções

Numa proporção, o produto dos meios é igual ao produto dos extremos.

— Parabéns, turma! — disse o coordenador. — Estou contente e surpreso com a participação de todos. E parabéns principalmente às garotas, que perceberam que a melhor forma de demonstrar alguma coisa é deixar que as pessoas cheguem às conclusões por elas mesmas. A Mari podia em pouco tempo informar a todos qual era a propriedade, mas ela acreditou que vocês seriam capazes de descobrir!

Então olhou para o relógio e lembrou que deviam dirigir-se aos postos de coleta. Antes de sair, recomendou:

— Continuem pesquisando por que afinal é importante conhecer proporções!

A igualdade de duas razões resulta em uma proporção.
As proporções podem ser expressas por frações.
Exemplo de situação:

Um atleta corre 1 500 metros em 30 segundos, portanto corre 50 metros a cada segundo.
Em termos de proporção, temos:

$$\underset{\text{meio}}{\overset{\text{extremo}}{\frac{1\,500}{30}}} = \underset{\text{extremo}}{\overset{\text{meio}}{\frac{50}{1}}} \quad \text{ou} \quad 1\,500 : 30 = 50 : 1$$

(extremos: 1 500 e 1; meios: 30 e 50)

Propriedade fundamental das proporções: o produto dos meios é igual ao produto dos extremos:

$$\frac{a}{b} = \frac{c}{d}$$

$$a \cdot d = b \cdot c$$

5 Suspeitas

Naquele dia, Roberto, Pedro e Gustavo percorreram as ruas próximas a seu posto, distribuindo folhetos e informando as pessoas sobre a coleta seletiva. Como não podia deixar de ser, conheceram muitas garotas.

Combinaram então uma festa com a ajuda de uma delas, Carmem. Ela levaria sua turma e eles convidariam o pessoal que estava alojado no sítio. Era uma oportunidade para que pudessem se divertir juntos.

Da mesma forma que os rapazes da equipe Fogo, Isabela, Mari e Lina também já eram conhecidas dos rapazes da cidade, que não paravam de levar papel, vidro, plástico e latas à praça onde elas davam informações.

À noite, no refeitório, com todo mundo reunido, combinou-se que a festa seria no sábado, no clube da cidade. E, a partir daí, esse tornou-se o assunto principal das conversas.

Entre as equipes Terra e Fogo, a rivalidade continuava, de forma disfarçada, é claro, e cada uma delas procurava arrecadar a maior quantidade possível de material reciclável.

Na quinta-feira, quando chegaram ao seu posto, as garotas receberam uma desagradável notícia da prefeitura: todo o papel coletado por elas no dia anterior estava perdido. Alguém havia jogado uma lata aberta cheia de óleo dentro do contêiner... E, como papel para ser reciclado não pode estar sujo, tudo tinha sido perdido.

Lina, Mari e Isabela ficaram furiosas.

— Gente, não é possível! Agora, aqueles rapazes passaram da conta! Eles estão jogando sujo com a gente!

— Calma, Mari. Não temos certeza se foram eles — Lina tentava acalmar a amiga. — O que você acha, Isabela?

— Eu acho que aqueles três podem ter feito isso, sim. Principalmente, o Roberto. Eles não levam nada a sério. Para eles, isso deve ser uma grande brincadeira. E devem estar querendo conseguir mais material do que a gente, só pra dizer que são os melhores.

Apesar da raiva, combinaram que, naquele momento, não contariam nada ao Gabriel nem à Rebeca. Começariam a investigar o caso por conta própria.

No dia seguinte, tudo seguia como sempre, os rapazes da equipe Fogo coletavam material e paqueravam as garotas da cidade. Quando voltaram à noite para o sítio, só estavam interessados em combinar os detalhes da festa de sábado e ensaiar as músicas que iriam apresentar.

Dormiram pesado, sem imaginar que durante a madrugada alguém havia jogado algo em um dos contêineres de coleta seletiva sob sua responsabilidade, e desaparecera sorrateiramente pelas ruas desertas da cidade.

6

Os pintores matemáticos

Após o café da manhã, os jovens sempre se reuniam na biblioteca para as orientações do dia. Foi quando Gabriel anunciou a novidade:

— A prefeitura recebeu uma doação de novos contêineres e vai abrir novos PEVs. E pediu nossa ajuda para pintá-los.

Todos aceitaram com entusiasmo, e ele continuou explicando:

— Só que temos um problema: aqui há muita tinta vermelha, amarela e azul, mas falta tinta verde!

— Conseguimos o verde misturando a tinta amarela com a azul — sugeriu Pedro.

— Podemos misturar 3 latas de tinta amarela com 2 latas de azul — disse Gustavo. No final do ano, meu pai pintou as janelas de casa, e foi assim que conseguiu o tom de verde de que estamos precisando.

— Ótimo! Temos 15 latas de tinta amarela disponíveis — disse Gabriel. — Então quantas vamos usar de azul?

— Podemos montar uma proporção — percebeu Gustavo. — A quantidade de latas de tinta azul será representada por x, vejam só:

$$\frac{\text{tinta amarela}}{\text{tinta azul}} \quad \frac{3}{2} = \frac{15}{x}$$

— Igualando as duas razões, conseguimos uma proporção e podemos aplicar a propriedade fundamental das proporções — completou o rapaz.

E foi escrevendo:

$$\frac{3}{2} = \frac{15}{x}$$

— E, quando multiplicamos os meios e os extremos entre si, conseguimos uma equação... agora é só resolver — disse Lina.

$$3 \cdot x = 2 \cdot 15$$
$$3x = 30$$
$$x = 10 \text{ (tinta azul)}$$

E Lina substituiu o valor de x na proporção:

$$\frac{\text{tinta amarela}}{\text{tinta azul}} \quad \frac{3}{2} = \frac{15}{10}$$

— Portanto, para as 15 latas de tinta amarela, vamos usar 10 latas de tinta azul — concluiu Gustavo.

Gabriel ouviu e comentou:

— As propriedades das proporções são muitas, mas vamos utilizar apenas duas, a propriedade fundamental que já conhecem e esta. Vejam só:

Recíproca da propriedade fundamental

- Podemos inverter os meios:

$$\frac{3}{2} = \frac{15}{10} \quad \text{ou} \quad \frac{3}{15} = \frac{2}{10}$$

- Podemos inverter os extremos:

$$\frac{3}{2} = \frac{15}{10} \quad \text{ou} \quad \frac{10}{2} = \frac{15}{3}$$

— Ih... Esse negócio está ficando muito complicado — reclamou Roberto.

— Que nada! Observem que o produto dos meios continua igual ao produto dos extremos, mesmo que se invertam os extremos e os meios.

— Isso por causa da **propriedade comutativa da multiplicação**: tanto faz multiplicar 3 por 7 ou 7 por 3, o resultado é o mesmo.

— Isso mesmo, Mari, e ainda podemos inverter todos os termos, uma vez que o produto dos meios continuará a ser igual ao produto dos extremos.

E Gabriel completou:

Invertendo todos os termos:

$$\frac{3}{2} = \frac{15}{10} \text{ ou } \frac{2}{3} = \frac{10}{15}$$

— Certo, turma?

— Certo! — responderam em coro.

— Ótimo! Então, vamos colocar a mão na massa. Ou melhor, na tinta.

Todos passaram a manhã pintando os contêineres. Depois do almoço, foram para seus postos de coleta.

7

Fazendo as pazes

Assim que os rapazes da equipe Fogo chegaram a seu Posto de Entrega Voluntária, encontraram um funcionário da prefeitura esperando por eles, com a má notícia:

— Acho melhor vocês verem o que está acontecendo... perderam todo o papel recolhido ontem. Quando vieram esvaziar o contêiner, encontraram uma garrafa plástica dentro dele... provavelmente devia estar cheia de água, molhando todo o papel.

Assim que ficaram sozinhos, Roberto explodiu:

— Será possível que as meninas estejam querendo sabotar a gente?

— Quem mais poderia querer nos prejudicar? — perguntou Pedro.

— Antes de acusar, acho melhor a gente descobrir o que está acontecendo — refletiu Gustavo.

— A Mari é capaz de tudo!

Apesar das desconfianças, resolveram seguir o conselho do Gustavo. Não comentariam nada com o Gabriel ou com a Rebeca, até que tivessem certeza. Enquanto isso, as garotas também tinham resolvido redobrar a atenção e se revezavam na vigilância dos coletores de lixo. Mal sabiam elas que alguém já percebera a estratégia.

Nos arredores da cidade, próximo a uma plantação de eucaliptos, o homem mal-encarado que tivera a intenção de confundir a população na palestra de abertura do projeto conversava com alguém:

— E aí, conseguiu fazer alguma coisa hoje?

— Que nada, seu Lamberto. Hoje ninguém saiu um só instante de perto dos coletores.

— Então vamos ter de agir no pátio da prefeitura mesmo, lá onde é colocado todo o material. Pode deixar que eu tenho alguém para fazer o serviço.

— E o nosso trato, seu Lamberto? Quando o senhor vai cumprir o que prometeu?

— Calma! Primeiro preciso ter certeza de que o plano dará certo. Palavra de Lamberto é lei, não se preocupe.

E rapidamente ele saiu no seu carro em direção à cidade. Sozinho, para ninguém desconfiar de nada. O que ele fez naquela noite seria relatado em manchete no jornal do dia seguinte:

INCÊNDIO

DESTRÓI TODO O MATERIAL DA COLETA SELETIVA

Assim que ficaram sabendo, foram todos para a cidade. Gabriel foi direto falar com o prefeito:

— O senhor acredita que o incêndio pode ter sido criminoso?

— Não saberia dizer. Mas toda vez que tento promover alguma melhora na cidade tenho problemas — informou o prefeito. — Outro dia, contaminaram a água que abastece a população. Muitas pessoas ficaram intoxicadas.

— Parece que alguém aqui está querendo criar dificuldades para o senhor — sugeriu Gabriel.

Fora do gabinete do prefeito, as duas equipes estavam muito desanimadas.

— Todo o trabalho da semana jogado fora — lamentava Pedro, sentado na calçada, as mãos apoiando o rosto.

— Nem todo, Pedro — comentou Isabela. — Afinal de contas, a população hoje está mais consciente da importância da coleta seletiva do que quando iniciamos.

Começaram então a se lembrar de tudo o que tinham feito e aprendido até aquele instante. Foi quando Mari tomou coragem para perguntar o que vinha remoendo há tempos:

— Foram vocês que colocaram óleo em nosso coletor de papel outro dia?

— Claro que não — responderam, surpresos, os três.

Em seguida, foi a vez de Roberto aproveitar para fazer a mesma pergunta para elas:

— E a água que jogaram em nosso papel? Não foram vocês?

— Também não — responderam juntas.

— Então, o caso é grave mesmo — concluiu Gustavo. — Como a gente ficou mais alerta nos postos de coleta, alguém resolveu incendiar o depósito.

— Precisamos contar o que sabemos para o Gabriel — propôs Roberto, ao ver o biólogo saindo da prefeitura.

Gabriel, porém, já sabia de tudo. Lina tinha se antecipado: sem que as amigas soubessem, havia explicado para o coordenador o que estava acontecendo. Agora, perante o grupo, ela dizia:

— Não acreditava que fossem vocês que tivessem feito aquilo, por isso achei melhor contar ao Gabriel a história do óleo nos papéis.

— E ela fez muito bem — comentou Gabriel, já participando da conversa. — O problema de vocês foi desconfiar uns dos outros. Agora que estão juntos, que tal iniciarmos uma investigação para valer?

Naquele dia, resolveram suspender o trabalho de coleta até que a população se acalmasse com a história do incêndio. Como não havia nada que pudesse ser feito, decidiram voltar para o sítio. No alojamento, as meninas conversavam:

— Até que o Roberto é legal — comentava Mari.

— Eu sabia que o Gustavo não estaria envolvido em nada que não fosse correto — disse Lina, debruçada na janela do quarto.

— E o Pedro bem que estava olhando pra mim de um jeito diferente... — disse Isabela, com um sorriso nos lábios.

Enquanto isso, no alojamento dos rapazes...

— Eu sabia que a Lina não seria capaz de fazer uma coisa dessas.

— Você está apaixonado, Gustavo! — comentou Roberto. — Mas tenho de concordar que a Mari hoje me pareceu legal. Pedro, por que você está com essa cara de quem passou a noite vendo estrelas?

— Eu... Eu estou aliviado por saber que as garotas não têm nada a ver com as sabotagens...

— Só por isso?

— E porque estou a fim da Isabela... claro!

8

Será que o feijão vai dar?

Aproveitando o fim de tarde daquele dia, Gabriel chamou as duas equipes para dar continuidade ao que haviam começado. Rebeca também estava lá. Quando chegaram, encontraram na lousa o seguinte:

Regra de três

Ao ler, Roberto logo brincou:

— "Regra de três"! Deve ser algum casal tentando namorar e tem alguém "segurando vela"!

Gabriel sorriu e pediu para Rebeca:

— Conte sobre a fábrica.

Rebeca passou imediatamente ao relato.

— Visitei recentemente uma fábrica que recicla plástico. Depois de devidamente preparado, o plástico fica na forma de pequenos flocos. Esses flocos são colocados numa máquina injetora, onde são derretidos e injetados nos moldes.

— Quantas peças a máquina produziu no tempo em que você ficou lá? — perguntou Gabriel.

— Foram 40 peças em 12 minutos.

Então Gabriel propôs a seguinte situação para o grupo:

Se essa máquina produziu 40 peças em 12 minutos,
quantas peças irá produzir em uma hora,
ou seja, em 60 minutos?

— Você forneceu três dados — disse Isabela — e quer saber um quarto número! Essa é uma "regra de três"!

— Isso está me parecendo uma proporção — comentou Pedro, que havia se sentado bem pertinho dela.

— Isso mesmo! — vibrou Gabriel. — Então representem esses dados em forma de proporção.

— Podemos dizer que 40 peças estão para 12 minutos assim como um valor desconhecido de peças está para 60 minutos.

— Claro, Roberto, e vamos registrar a hora em minutos! — Mari disse e escreveu:

$$\frac{40}{12} = \frac{x \text{ peças}}{60}$$

— Certo! — confirmou Gabriel. — E, como numa proporção podemos inverter os meios, vou reorganizar esses dados em duas colunas, de modo que fiquem numa mesma coluna as grandezas de mesma natureza. Vejam:

peças	minutos
40	12
x	60

— Aumentando o tempo, o que acontece com a quantidade de peças?

— Vai aumentar também — afirmou Gustavo.

— Isso nos mostra que a quantidade de peças e de tempo se comporta da mesma forma: se uma aumenta, a outra também aumenta; se uma diminui, a outra também diminui.

Então ele abriu metade de um cartaz que havia preparado:

Grandezas diretamente proporcionais:

quando uma delas aumenta,
a outra aumenta;
quando uma delas diminui,
a outra diminui.

— Quando organizamos as grandezas em colunas, fica mais fácil analisar como elas se comportam. Aqui, elas são diretamente proporcionais.

— Isso é óbvio! — disse Mari. — Em mais tempo, a máquina produz mais peças!

— Agora já podemos aplicar a propriedade fundamental?

Com um sorriso, Gabriel confirmou que sim, e eles iniciaram o cálculo:

$$\frac{40}{x} = \frac{12}{60}$$

$$12 \cdot x = 40 \cdot 60$$

$$12x = 2400$$

$$x = \frac{2400}{12}$$

$$x = 200 \text{ peças}$$

— Descobrimos! Em uma hora, a máquina injeta 200 peças!

Rebeca olhou para o relógio e comentou:

— Pessoal, só faltam 20 minutos para o jantar.

— Ah! Mas não dá para confiar nesse seu relógio, não, Rebeca — brincou Gabriel. — Ele vive adiantado.

Ela aproveitou a brincadeira e propôs o seguinte problema:

Meu relógio está adiantando 15 segundos por minuto.
Quantos segundos ele adianta em 2 horas?

— Podemos montar o esquema das colunas!

Isabela foi falando, e Pedro escrevendo:

segundos	minutos
15	1
x	120

— Já transformamos 2 horas em 120 minutos!

E Gabriel lembrou que era preciso analisar as grandezas.

— Quanto mais tempo passar, mais segundos serão adiantados, portanto essas grandezas são...

— Diretamente proporcionais — disseram todos juntos e já se puseram a calcular.

$$\frac{15}{x} = \frac{1}{120}$$

diretamente proporcionais

$$1 \cdot x = 15 \cdot 120$$

$x = 1\,800$ segundos, ou seja, 30 minutos

Em seguida, dividiram 1 800 segundos por 60 para saber quantos minutos o relógio adiantava.

— Rebeca, em duas horas, seu relógio adianta 30 minutos!

— Não adianta nada ter um relógio que *adianta* — brincou Gustavo.

— Se você continuar usando esse relógio, logo, logo vamos tomar o café da manhã às 2 horas da madrugada, almoçar às 8 e jantar ao meio-dia!

— Só sei que minha fome está ficando diretamente proporcional ao tempo em que estamos aqui! Quanto mais tempo, maior a fome — declarou Roberto.

Gustavo, compenetrado como sempre, perguntou:

— Estamos analisando essas grandezas e confirmando que são diretamente proporcionais. Então existem grandezas que se comportam de outra forma?

— Isso mesmo — confirmou Rebeca. E, com o jornal aberto a sua frente, pediu: — Ouçam esta notícia:

"A prefeitura pretendia contratar 20 pessoas para pintar as escolas locais. De acordo com as previsões, o trabalho estaria concluído em 30 dias. Mas o prefeito decidiu contratar 60 pessoas..."

— Em quantos dias todas as escolas serão pintadas agora? — perguntou ela.

Todos deram sugestões, e o esquema ficou assim:

número de pessoas trabalhando	tempo (dias)
20	30
60	x

— Vamos analisar como se comportam as grandezas, se a quantidade de pessoas aumentar.

— Então o tempo de realização do trabalho deve...

— Diminuir! — responderam todos juntos.

— Neste caso, as grandezas são inversamente proporcionais — complementou Gabriel.

Então ele abriu o restante do cartaz:

Grandezas diretamente proporcionais:	**Grandezas inversamente proporcionais:**
quando uma delas aumenta, a outra aumenta; quando uma delas diminui, a outra diminui.	quando uma delas aumenta, a outra diminui, e vice-versa.

— Nos casos da produção das peças de plástico, do relógio da Rebeca e da minha fome, quando uma grandeza aumenta, a outra também aumenta — disse Roberto sorrindo. — É por isso que são diretamente proporcionais!

E Mari completou o pensamento dele:

— E agora o trabalho e o tempo são grandezas inversamente proporcionais, pois quando uma delas aumenta a outra diminui.

Os jovens ficaram animados com as novas descobertas, mas ainda não sabiam o que fazer para encontrar a quantidade de dias naquela situação.

— Gabriel, como a gente sai dessa? — perguntou Isabela.

— As grandezas inversamente proporcionais se comportam inversamente. Ou seja, é como se fosse preciso... digamos assim... *desinvertê-las*!

E retomou ao esquema:

— Como as grandezas se comportam de forma "invertida", para montar a proporção fixamos uma delas e invertemos a outra.

$$\frac{20}{60} = \frac{x}{30}$$

— Agora podemos aplicar a propriedade fundamental das proporções! — arriscou Pedro, já calculando:

$$60 \cdot x = 30 \cdot 20$$

$$60x = 600$$

$$x = \frac{600}{60}$$

$$x = 10 \text{ (dias)}$$

— Então, quando duas grandezas forem inversamente proporcionais, a gente "inverte" uma delas na hora de montar a proporção e depois aplica a propriedade fundamental para encontrar o valor desconhecido?

— Isso mesmo — confirmou Gabriel.

Dona Joana, que ouvira a conversa deles enquanto preparava o jantar, apareceu na sala e disse:

— Pessoal, não entendo muita coisa do que estão falando, mas uma coisa eu vou falar: quanto mais gente para comer, mais comida eu tenho de preparar. E nunca vi gente comer tanto quanto vocês!

— Dona Joana, quantos quilos de feijão a senhora prepara para o jantar? — perguntou Rebeca.

— Ora, eu sei que preciso cozinhar 2 quilos. Isso tem dado sempre no jantar. Mas por quê? Não vai me dizer que vem mais gente hoje! Minha nossa Senhora!

— Hoje não, dona Joana, mas no sábado virão almoçar mais 20 jovens da cidade. Eles vêm para conhecer os trabalhos que as equipes estão desenvolvendo aqui.

E Mari propôs:

— Vamos descobrir quantos quilos de feijão dona Joana vai precisar cozinhar no sábado!

— Já sabemos que são precisos 2 quilos para 40 pessoas.

— Queremos saber quantos quilos serão necessários para 60 pessoas.

E rapidamente o esquema estava pronto:

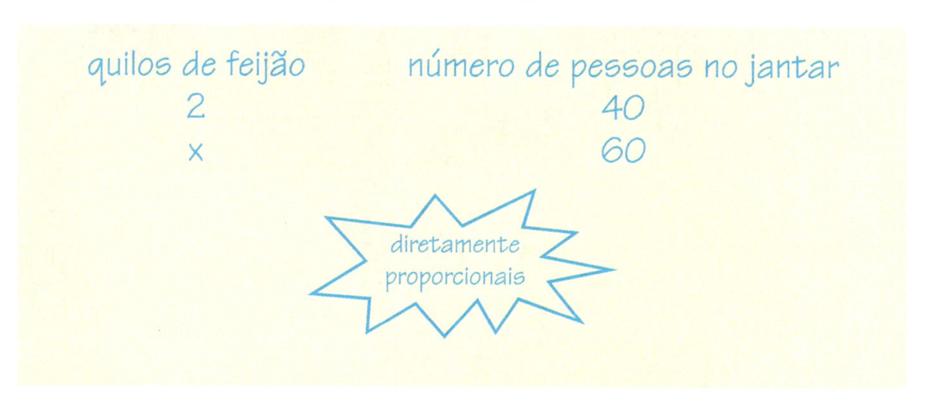

Projeto
Vida

— As grandezas são diretamente proporcionais, pois, quanto mais gente tiver para comer, mais feijão será preciso cozinhar.

— Então, é só aplicar a propriedade fundamental, pois aqui não precisamos inverter nada...

$$\frac{2}{x} = \frac{40}{60}$$

$$40 \cdot x = 2 \cdot 60$$
$$40x = 120$$
$$x = 120 : 40$$
$$x = 3 \text{ (quilos de feijão)}$$

Assim que Mari acabou de escrever, Pedro resolveu brincar:

— Bem, serão 3 quilos de feijão se o Roberto só comer uma vez, porque de vez em quando ele entra quatro ou cinco vezes na fila.

E começaram a discutir para decidir quem era o maior comilão do grupo. Gustavo, porém, já estava pensando em uma nova situação envolvendo regra de três e propôs o seguinte:

Toda vez que vamos até a cidade, o Gabriel vai a 60 quilômetros por hora, e levamos 40 minutos para chegar. Quanto tempo levaríamos se o Gabriel "pisasse mais" no acelerador e fosse a 80 quilômetros por hora?

— Gostei de ver, Gustavo — parabenizou Gabriel. — Montem o esquema e analisem se essas grandezas são direta ou inversamente proporcionais.

velocidade (km/h)	tempo (minutos)
60	40
80	x

— Se aumentarmos a velocidade...

— Vamos levar menos tempo — concluiu Isabela.

— Então, essas grandezas são...

— INVERSAMENTE PROPORCIONAIS!

— Daí que precisamos inverter uma das grandezas para montar a proporção! — lembrou Roberto, que passou a calcular:

$$\frac{60}{80} = \frac{x}{40}$$

$$80 \cdot x = 40 \cdot 60$$

$$80x = 2400$$

$$x = \frac{2400}{80}$$

$$x = 30 \text{ minutos}$$

— Conclusão: se o Gabriel pisar um pouco mais no acelerador, a gente chega à cidade em 30 minutos! — finalizou Gustavo.

Nesse instante, foram interrompidos novamente por dona Joana:

— Acho melhor vocês "pisarem" no acelerador para tomar banho, antes que acabe a água quente...

Ela nem precisou continuar, em menos de um minuto os seis jovens desapareceram em direção aos seus alojamentos.

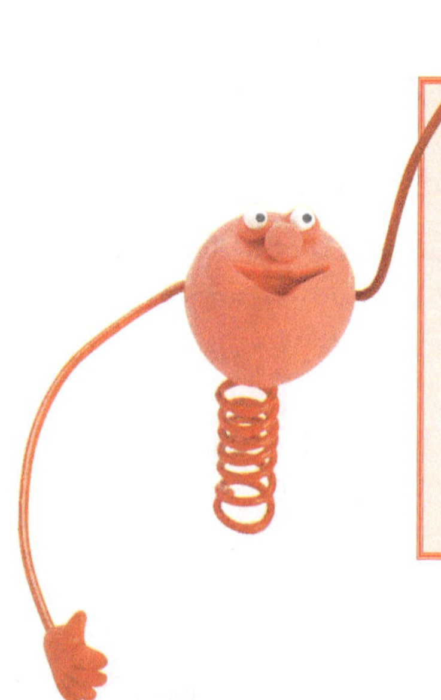

Para resolver situações que envolvem "Regra de três":

a) Montar o esquema, deixando as grandezas semelhantes na mesma coluna.

b) Analisar se as grandezas são direta ou inversamente proporcionais.

c) Se forem diretamente proporcionais, é só aplicar a propriedade fundamental na ordem em que estão.

d) Se forem inversamente proporcionais, fixar uma delas e inverter a outra para montar a proporção, depois aplicar a propriedade fundamental.

9 Cuidando do meio ambiente

No banheiro masculino, Gustavo brincou com Pedro:

— Cara, que banho demorado!

— É que eu estava fazendo a barba!

— Está falando dessa penugem no queixo? — brincou Roberto, mas em seguida retomou o tom sério: — Não é porque o aquecimento do sítio é solar que o banho pode ser demorado! A água é coisa preciosa!

A verdade é que Pedro andava meio desligado mesmo. Tinha planos que não revelara nem aos amigos. Afinal, saiu para o jantar todo perfumado. Alguém até brincou:

— Nossa! Tem algum poluente no ar!

Pedro nem notou o comentário. Sentou-se ao lado de Isabela, que também havia se arrumado, e começaram a conversar em voz baixa. Após o jantar, sem que os amigos notassem, eles foram até o lago. A noite de lua cheia se encarregava do cenário.

— Então é isso, Isabela... Confesso que no começo fiquei com um pé atrás com você. Depois vi que estava enganado.

— Comigo aconteceu a mesma coisa. Bom que passou, né?! É tão legal a gente estar assim juntos...

— Também acho! — concordou Pedro aproximando-se da garota.

E aproveitando o momento de cumplicidade, trocaram o primeiro beijo.

Não muito distante dali, sentados na grama, na claridade da noite, estavam reunidos Roberto, Mari, Lina e Gustavo.

— É incrível como as pessoas demoram para perceber a importância de reciclar materiais, como uma maneira de economizar matéria-prima, água e energia.

— É uma questão de consciência! Não são todos que conhecem a necessidade de economizar água — disse Lina.

— Até gente que sabe às vezes desperdiça, tomando banhos demorados ou deixando torneiras abertas sem necessidade, como faço de vez em quando — disse Roberto com sinceridade.

— Precisamos estar sempre atentos. Quando cuidamos do meio ambiente, estamos preservando a qualidade de vida — continuou Lina.

— E como não cuidar desta natureza exuberante! Vocês já sentiram o cheiro desta mata? — comentou Mari. — E pensar que tanta gente está poluindo tudo isso com pesticidas e agrotóxicos...

— Se uma horta grande como esta aqui do sítio pode produzir de forma ecológica, as outras também poderiam.

— E o pior é que os agrotóxicos atingem não só os alimentos que estão sendo cultivados, mas também o solo e os lençóis de água subterrâneos.

— Pessoas no mundo inteiro já sabem disso!

— Mas eu acho que a gente precisa ampliar essa consciência!

Naquele instante, ouviram um estrondo no refeitório. Uma das lâmpadas fluorescentes, do tipo compacta, havia caído e se quebrado, provocando o barulho.

Diante da necessidade de economizar energia elétrica, os administradores do sítio Jari haviam substituído as lâmpadas incandescentes por lâmpadas fluorescentes compactas. As vantagens: maior durabilidade e baixíssimo consumo de energia elétrica.

Gabriel, Rebeca e outros coordenadores vieram rapidamente.

— Cuidado! Não se aproximem nem toquem nos cacos.

Rebeca pediu e correu até a cozinha, voltando com uma vassoura e uma pá. Vestia também um avental, luvas e botas de borracha. Improvisou uma máscara e foi varrendo cuidadosamente os resíduos para um saco plástico, que vedou logo a seguir.

Como ninguém ali compreendeu o porquê de tantos cuidados com uma simples lâmpada quebrada, Rebeca passou a explicar:

— Se esse tipo de lâmpada estiver intacta, não oferece nenhum risco. Entretanto, ao ser rompida, ela libera vapor de mercúrio, que, se for aspirado ou entrar em contato com a pele, causa efeitos desastrosos ao sistema nervoso.

— Se elas forem jogadas no lixo que vai para os aterros sanitários, contaminarão o solo, os cursos d'água, afetando a cadeia alimentar. Por isso, é preciso embalar e lacrar seus resíduos, pois a liberação do vapor de mercúrio pode estender-se por várias semanas — explicou Gabriel.

— É bom lembrar que, por causa da crise no abastecimento de energia elétrica, fomos estimulados a substituir as lâmpadas comuns por fluorescentes compactas, em função do baixo consumo de energia — interveio outro coordenador. — É claro que esta lâmpada quebrada não vai fazer um grande estrago, mas devemos pensar no grande número de pessoas que está usando esse tipo de lâmpada. Pensem nas escolas, hospitais, indústrias, repartições públicas...

— Esse tipo de lâmpada precisa de uma coleta especial. E a população tem de saber como proceder em caso de quebra e descarte para evitar a contaminação — continuou Rebeca.

O aspecto mais importante dessa situação foi que a prefeitura, dias depois, começou a fazer parcerias com a sociedade. As lojas que vendiam esse tipo de material passaram a orientar os consumidores quanto ao procedimento em caso de quebra. Ao mesmo tempo, se dispuseram a coletar e encaminhar os resíduos para empresas especializadas na descontaminação dessas lâmpadas.

Os coordenadores do Projeto Vida levariam ao conhecimento da população, por meio da rádio local, a nova iniciativa da prefeitura, enquanto os jovens participantes sairiam às ruas com cartazes contendo dicas importantes e, principalmente, orientações.

Os garotos estavam se organizando quando Roberto chamou a atenção do amigo para a cena:

— Gustavo, dê uma olhada naquilo...

O amigo olhou na direção indicada e viu Pedro e Isabela, um olhando perdidamente para o outro, e comentou:

— Ali não tem jeito... Eles vão fazer cartazes com palavras de amor...

10

O fim de semana

O sábado do baile chegara, e os vinte jovens da cidade iriam almoçar no acampamento. As equipes da coleta seletiva tinham sido escaladas para ajudar a preparar o almoço. Enquanto lavavam verduras, legumes, escolhiam feijão e arroz, os jovens conversavam sobre a ligação telefônica que fora ao ar durante a entrevista na rádio. O autor era alguém que se dizia contra todos aqueles programas que a prefeitura estava incentivando.

— Parece que o prefeito tem algum inimigo secreto... — comentou Gustavo.

— Vocês sabiam que aqui perto tem um fazendeiro, que é o único plantador de eucaliptos da região? E é ele quem fornece matéria-prima para a fábrica de papelão da cidade...

— Mari, como você ficou sabendo disso? — perguntou Isabela.

— Ouvi algumas pessoas comentando na praça...

— E tem mais: até hoje ninguém soube explicar a morte de um de seus empregados — acrescentou Lina, com ar enigmático.

Mais que depressa, Roberto sugeriu:

— Que estamos esperando? Vamos investigar esse cara!

— Calma aí, gente! Ele pode ser perigoso! — alertou Lina.

— Ora, nós não estamos num filme policial, só vamos ficar atentos — argumentou Roberto.

As garotas terminaram de lavar as verduras e os legumes e perguntaram:

— Dona Joana, onde podemos jogar estes talos?

— Jogar? Que nada! Deixem tudo bem limpinho e cortem em pedaços pequeninos — respondeu a cozinheira.

Elas não entenderam bem por que, mas fizeram o que ela pediu. Terminada a operação, dona Joana falou:

— Agora joguem aqui nesta panela! Isso não se põe fora não! Vamos refogar tudo e fazer croquetes; venham ver como se faz.

Rebeca que passava por perto ouviu e contou:

— Foi a dona Joana que me ensinou a aproveitar melhor os alimentos. Diariamente, jogamos fora muitas coisas que poderiam ser aproveitadas.

E contou-lhes então o princípio ambientalista internacional dos 3 Rs: "**R**eduzir, **R**eutilizar e **R**eciclar", para diminuir a exploração dos recursos naturais, o impacto ambiental e o excesso de lixo no planeta.

Reduzir o consumo e o desperdício significa comprar menos e com mais consciência.

Reutilizar o quanto for possível objetos e materiais e doar o que não se usa mais.

Reciclar tudo o que for possível.

O almoço foi um sucesso, e os croquetes estavam uma delícia.

À noite, todos foram para a festa, levando os cartazes que haviam preparado.

A LIXEIRA TIRA O LIXO DE SUA FRENTE,
MAS NÃO DO PLANETA.

PRODUZA MENOS LIXO

REDUZA, REUTILIZE, RECICLE!

LÂMPADA FLUORESCENTE COMPACTA
SE QUEBRAR:

EMBALE E LACRE CUIDADOSAMENTE.
ENTREGUE NUM POSTO DE COLETA ESPECIALIZADO.

CUIDADO! ELA PODE CONTAMINAR VOCÊ.

CUIDE DO DESCARTE DE
PILHAS, BATERIAS, BATERIAS DE CELULAR E
LÂMPADAS FLUORESCENTES.
MANTENHA A TERRA LIMPA.

SEU CORPO É FORMADO POR 70% DE ÁGUA
CUIDE BEM DA ÁGUA!
ELA POSSIBILITA QUE VOCÊ VIVA!

— Mari! — chamou Lina. — Olhe só a tal da Carmem! Parece que ela está a fim do Roberto, não desgruda dele.

— E o que eu tenho que ver com isso? Azar o dele!

Mari se afastou e saiu do salão. Lina e Isabela se olharam, percebendo claramente que a amiga procurava disfarçar o ciúme que estava sentindo.

Carmem não largou do pé do Roberto a noite toda. Para onde ele ia, ela estava atrás. Dançaram quase todas as músicas, desde os *rocks* até as músicas lentas.

Ela parecia muito interessada nos projetos das equipes e fez várias perguntas. Se o projeto estava ligado a algum partido político... Dizia que tinha vontade de colaborar... Caso fosse possível, gostaria de participar das reuniões...

No entanto, Roberto começou a ficar intrigado com aquele interesse exagerado e esclareceu que todos estavam ali por puro idealismo, sem qualquer envolvimento político.

Como não podia deixar de ser, Lina e Gustavo, Pedro e Isabela ficaram juntos a noite toda, e Mari achou aquela festa a mais chata a que ela já tinha ido...

No domingo, Gabriel sugeriu que os jovens dedicassem parte da manhã a pesquisar porcentagem. Assim que ouviram a sugestão, acharam que era muito fácil, porque conheciam um pouco do assunto, mas ele comentou:

— Embora vocês já tenham uma noção do que é porcentagem, é importante relacioná-la com as proporções, assim serão capazes de compreender o conceito e não somente aplicar uma "regra" de cálculo, o que muita gente faz.

E abriu o seguinte cartaz:

Foram coletados 100 quilos de material para reciclagem, sendo 30 quilos de papel.

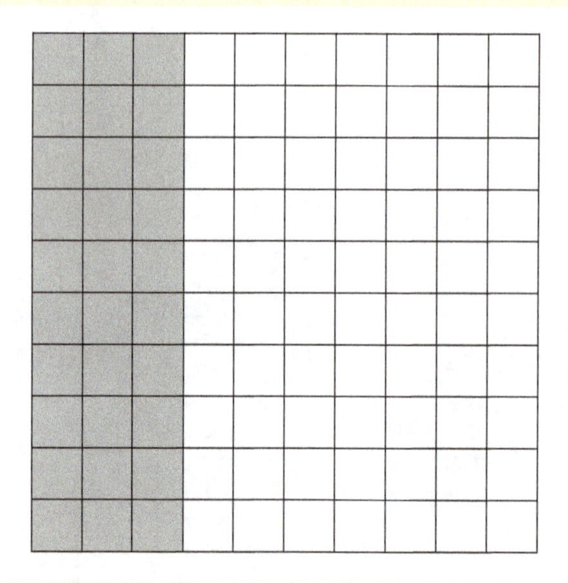

30 partes em 100 ou 30 por 100 ou ainda o papel corresponde a 30% do total.

— Então é daí que vem a expressão porcentagem? — perguntou Pedro.

— Isso mesmo. Quando dizemos 30 por cento, quer dizer que estamos considerando 30 em cada 100.

— Mas nem sempre estamos considerando uma quantidade igual a 100.

— É verdade, Pedro, mas a origem da porcentagem tem que ver com essa ideia.

Então Gabriel foi chamado, e os jovens continuaram sozinhos.

Isabela, que tinha encontrado algo num dos livros, leu:

"Situações de porcentagem podem ser resolvidas pela regra de três."

— Como assim? — perguntou Pedro.

Gustavo e Lina que já haviam pesquisado um pouco escreveram:

Foram selecionados 50 jovens para o Projeto Vida, mas somente 80% estão participando. Quantos são esses jovens?

Gustavo fez o seguinte esquema de regra de três:

número de pessoas	porcentagem (%)
50 (inscritos)	100
x (participantes)	80

— Vejam, considerei o total de inscritos como 100% e quero saber quantas pessoas correspondem a 80%.

— Uma regra de três!

— As grandezas são diretamente proporcionais...

— ... quanto menor a porcentagem, menor a quantidade de pessoas!

— Então podemos aplicar a propriedade fundamental das proporções:

$$\frac{50}{x} = \frac{100}{80}$$

$$100 \cdot x = 50 \cdot 80$$

$$100x = 4\,000$$

$$x = \frac{4\,000}{100}$$

$$x = 40 \text{ (nº de participantes)}$$

— As 40 pessoas que estão aqui no sítio correspondem a 80% dos selecionados.

Mari encontrou num folheto outra situação para analisarem:

"Numa coleta feita em moradias de uma região, 15% eram papel, correspondendo a 45 quilos do total coletado."

— Com esses dados, podemos calcular o total coletado — percebeu Gustavo.

— Vamos preparar o esquema da regra de três.

— Deixe ver... Queremos saber quantos quilos correspondem a 100%, certo?

Como todos concordassem, ele foi escrevendo:

	quilos	porcentagem (%)
(papel)	45	15
(total)	x	100

E Lina comentou:

— Se 45 quilos correspondem a 15%, então mais quilos irão corresponder a uma maior porcentagem.

— Estas grandezas também são diretamente proporcionais!

— Aplicando a propriedade fundamental...

$$\frac{45}{x} = \frac{15}{100}$$

$$15 \cdot x = 45 \cdot 100$$

$$15x = 4\,500$$

$$x = \frac{4\,500}{15}$$

$$x = 300 \text{ (quilos)}$$

— O total coletado foi de 300 quilos.

— Isso é muito lixo!

Estudando outras situações de porcentagem, eles puderam constatar que, em todos os casos, as grandezas eram diretamente proporcionais.

— Vejam que coisa interessante — observou Lina. — Toda taxa de porcentagem corresponde a uma fração em que o denominador é cem, ou seja, a uma fração centesimal.

— E essa fração também podia ser escrita em forma de número decimal — completou Gustavo.

$$73\% \text{ ou } \frac{73}{100} \text{ ou } 0{,}73$$

$$58\% \text{ ou } \frac{58}{100} \text{ ou } 0{,}58$$

Roberto sugeriu que podiam tentar resolver uma situação de outra forma, sem utilizar a regra de três. Em outro folheto, Mari encontrou o seguinte:

"Sessenta por cento do lixo de uma coleta domiciliar comum correspondem a lixo orgânico, material que poderia ser transformado por uma usina de compostagem em adubo orgânico, e 10% correspondem a materiais não reaproveitáveis."

— Quantos quilos de material reciclável poderíamos encontrar em, por exemplo, 2 000 quilos de lixo?

E Isabela percebeu:

— Aqui a situação é diferente. Qual é a porcentagem do lixo reciclável?

— Se 70% correspondiam a lixo orgânico e materiais não recicláveis, então 30% eram de material reciclável — respondeu Pedro.

— É mesmo, tudo isso junto sempre irá corresponder a 100% do material, independentemente da quantidade.

Resolveram então calcular quanto era 30% de 2 000, sem utilizar a regra de três.

— Como 2 000 correspondem a 100 partes, vamos dividir 2 000 por 100, para achar o correspondente a uma parte — começou Lina.

$$\frac{2\,000}{100} = 20$$

— Então cada parte equivale a 20 quilos. Mas como queremos saber de 30 partes...

— Ora, vamos multiplicar 20 por 30.

$$30 \cdot 20 = 600$$

Dessa forma, perceberam que, em 2 000 quilos de lixo domiciliar 600 quilos provavelmente poderiam ser reciclados.

Gabriel, que os observava já havia algum tempo, elogiou:

— Parabéns! Vocês estão aprendendo a compreender os conceitos e suas aplicações. Estudar, do modo como estão fazendo, é muito mais do que decorar regras prontas... E agora aproveitem o domingo!

Fazia algum tempo que estavam à beira do lago, quando Lina percebeu:

— Isabela, você viu a Mari?

— Não. Aliás, ela estava meio triste. Será por causa do Roberto e da Carmem?

— Sei lá! Ela que diz que não gosta dele!

— Psiu! A amiguinha do Roberto está chegando com cara de "dona do pedaço".

Carmem chegou e, sem a menor cerimônia, foi ficando com Roberto, que parecia estar gostando de tanta atenção. Agora que o Gustavo não desgrudava mais da Lina e o Pedro da Isabela, ele não queria ficar sozinho.

Pelo jeito, estavam achando aquele domingo o máximo... Menos Mari, que ficou passeando sozinha o resto do dia e foi dormir bem cedo.

11

O sumiço

Na segunda-feira, a coleta nos dois postos foi excelente, com as duas equipes arrecadando grande quantidade de papel, plásticos, vidros e latas. A volta ao sítio foi animada como sempre.

No finzinho da tarde, Mari voltava de mais um de seus passeios solitários, quando deu de cara com Roberto.

— Mari, onde está o resto do pessoal?

— Sei lá, Roberto — respondeu a jovem mal-humorada.

— Olhe, eu não tenho tempo de explicar agora, mas venha comigo. Isso é urgente e muito importante!

E, pegando na mão dela, dirigiu-se para a estrada que levava à cidade. Tudo foi tão rápido que, quando ela percebeu, estavam próximos de um bosque de eucaliptos...

Na hora do jantar, Isabela foi a primeira a sentir falta dos dois:

— Gente, onde estão a Mari e o Roberto?

— Ah, devem estar numa boa, se é que vocês me entendem... — acalmou Pedro.

Preferiram não esperar pelos dois. Jantaram e foram terminar os relatórios sobre a coleta seletiva que vinham realizando. Tinham encontrado alguns dados históricos muito interessantes e queriam registrá-los.

Breve história da reciclagem e origem de alguns materiais

A reciclagem vem sendo praticada desde a Antiguidade por diversos povos.

Entre os romanos, os soldados da legião recolhiam espadas e escudos abandonados pelos inimigos nos campos de batalha e os encaminhavam para a fabricação de novas armas.

Acredita-se que os chineses tenham inventado o papel por volta do ano 105, e eles já reaproveitavam papel usado para fabricar outros tipos de papel, menos refinados.

Ao longo do desenvolvimento das sociedades, alguns materiais foram descobertos por acaso, outros por pesquisa científica.

O vidro teria sido descoberto por navegadores fenícios: a partir de uma fogueira feita na praia, eles observaram que o calor do fogo, a areia, o salitre e o calcário das conchas reagiram e produziram vidro.

Já o plástico foi inventado pelo inglês Alexander Parkes, em 1862, e tornou-se material de grande utilidade na sociedade moderna, e hoje é reciclado.

Enquanto isso...

12 O culpado

Roberto e Mari estavam no bosque de eucaliptos, perto de uma casa que deveria pertencer ao dono de toda aquela área.

— Roberto, posso saber por que me trouxe para cá? — perguntou a jovem, ofegante. Mal terminara de falar, viu, de longe, Carmem dentro da casa, como se estivesse à espera de alguém. Aquilo foi demais para Mari.

— Você me trouxe até aqui para ver sua amiguinha?

— Fale baixo! Ela não é minha amiguinha, muito pelo contrário. Nesses últimos dias, ela ficou me fazendo perguntas muito estranhas sobre o Projeto Vida. Queria saber se havia algum partido político por trás do projeto, se havia dinheiro de algum órgão estadual ou federal. O que eu achava do Gabriel... Bom, eu fui ficando intrigado com tantas perguntas...

Mari ouvia atenta, sem compreender bem o que estava acontecendo, até que se lembrou de algo que agora começava a fazer sentido.

— Uma vez a Carmem foi até a praça e ficou fazendo perguntas para nós também. Queria saber se algo poderia estragar o material coletado. Eu disse que o único que poderia ser estragado era o papel... Você está achando que ela é a culpada? Por quê? E o incêndio no depósito da prefeitura?

— É disso que estou desconfiado. Hoje pela manhã, eu a vi conversando com um sujeito mal-encarado, parecia que estavam discutindo. Perguntei para alguns rapazes da cidade e eles me disseram que ele era o tão falado dono da plantação de eucaliptos. Como o bosque fica perto do sítio Jari, vim para cá. Quando cheguei, ela já estava aqui.

Enquanto Roberto falava, chegou um carro, e dele desceu o homem de quem estavam falando... Seu Lamberto, esse era o seu nome, entrou na cabana.

Assim que fechou a porta, aproximaram-se mais da casa. Agora, podiam ouvir a conversa e vislumbrar alguns movimentos por uma fresta.

— Seu Lamberto, eu estou caindo fora. Para mim chega! Não quero mais saber de ficar atrapalhando o projeto da coleta seletiva. Só aceitei tudo isso por causa de meu pai, mas, agora que sei a verdade, vou contar para toda a cidade o que o senhor tem feito.

Aproximando-se da porta, Roberto e Mari ouviram a resposta ameaçadora do homem:

— Faça isso! E ninguém de sua família vai sobreviver para ouvir a história... Não, pensando melhor, você é que não vai ter como contar.

Os dois jovens perceberam então que seu Lamberto sacava uma arma. Roberto, que já estava bem perto da porta, levou tamanho susto que perdeu o equilíbrio, indo se apoiar justamente no trinco, que se abriu e ele foi cair bem no meio da sala. Num ato instintivo, Mari correu para ajudar o amigo.

Carmem aproveitou a confusão para sair correndo, enquanto seu Lamberto, rápido, pegou Mari e tratou de amarrá-la numa cadeira. Durante a operação, passou o tempo todo com o revólver ameaçando Roberto. Em seguida, amarrou-o também, deixando os dois presos nas cadeiras, de costas um para o outro.

— Eu vou acabar com vocês, mas antes preciso encontrar aquela traidora! Não se preocupem, jamais poderão contar para alguém o que houve aqui.

Dizendo isso, o homem fechou as janelas e saiu em busca de seus capangas, tratando antes de trancar a porta de entrada.

— Roberto, estou com medo — confessou Mari.

— Calma... A gente vai encontrar um jeito de sair daqui e denunciar esse bandido antes que ele volte.

Com grande esforço, Roberto se esticou até alcançar a mão da garota.

— Mari, veja se você consegue se soltar. Eu não estou conseguindo, ele me amarrou com muita força.

Mari tentou, tentou e conseguiu afrouxar um pouco as cordas que prendiam as mãos. E, como elas eram pequenas, conseguiu se soltar. Agora era preciso libertar Roberto, mas estava difícil.

— Mari, vá até o sítio e avise o Gabriel.

— De modo algum. Não vou deixar você sozinho! — dizendo isso, revirou a gaveta de uma mesa e achou uma faca, cortando as cordas que prendiam as mãos de Roberto.

Em seguida, tiraram a tranca da janela e pularam para fora. Em poucos instantes, já estavam correndo para longe daquele local. Só pararam ofegantes perto das pedras de uma cachoeira, que ficava no caminho do sítio Jari.

— Roberto... — ia dizendo Mari, quando foi interrompida pelo rapaz de uma maneira inesperada. Ele tocou com seus lábios os da garota, num beijo cheio de emoção.

Abraçaram-se com força, e agora não sabiam mais se estavam trêmulos de medo, pelo esforço da corrida, ou pela emoção que os envolvia. Em seguida, continuaram a correr para o sítio.

Quando chegaram, Gabriel, Rebeca e os outros se preparavam para sair em busca deles. Rapidamente Roberto e Mari contaram o que tinha acontecido, e Gabriel decidiu que o melhor a fazer era avisar a polícia. Carmem certamente corria perigo de vida.

Chegando à delegacia, encontraram a garota e o pai, depondo.

— Delegado, seu Lamberto me procurou um dia dizendo que meu pai havia dado um desfalque na empresa e que iria mandar prendê-lo, caso eu não o ajudasse. Fiquei tão desesperada que nem confirmei se isso era verdade — disse a jovem chorando, nos braços do pai.

— Foi você então quem jogou a lata de óleo nos papéis recolhidos? — perguntou Roberto, assombrado.

— Fo-foi — confessou Carmem. — Mas juro que não tenho nada a ver com a contaminação da água ou o incêndio. Ele deve ter contratado alguém mais para fazer isso.

— O erro de minha filha foi ter acreditado nele sem perguntar nada para mim — falou o pai da garota. — Seu delegado, ele se aproveitou da ingenuidade dela e inventou toda essa história de desfalque na empresa para conseguir a ajuda dela.

— Nesse fim de semana, conversando com o Roberto, comecei a perceber a importância do projeto deles. Tomei coragem e fui conversar com meu pai, não aguentava mais o que estava fazendo. Foi então que descobri que era tudo mentira — continuou Carmem.

Mari e Roberto também fizeram seu depoimento. E depois, como não havia muito mais a dizer, o delegado providenciou uma equipe para ir atrás de seu Lamberto. Àquela hora, ele já deveria ter descoberto a fuga de Mari e Roberto e, com certeza, estava tratando de se esconder. Mas os policiais acreditavam que sua prisão seria apenas uma questão de tempo.

Na manhã seguinte, o dia estava ensolarado e o céu azul. Roberto e Mari foram os últimos a acordar. Também, depois de tanta emoção... Bem que mereciam. Encontraram-se na entrada do refeitório, trocaram um beijo, se abraçaram e foram juntos tomar o café da manhã.

Logo depois, todos se prepararam para partir. E num clima bem diferente do início da viagem!

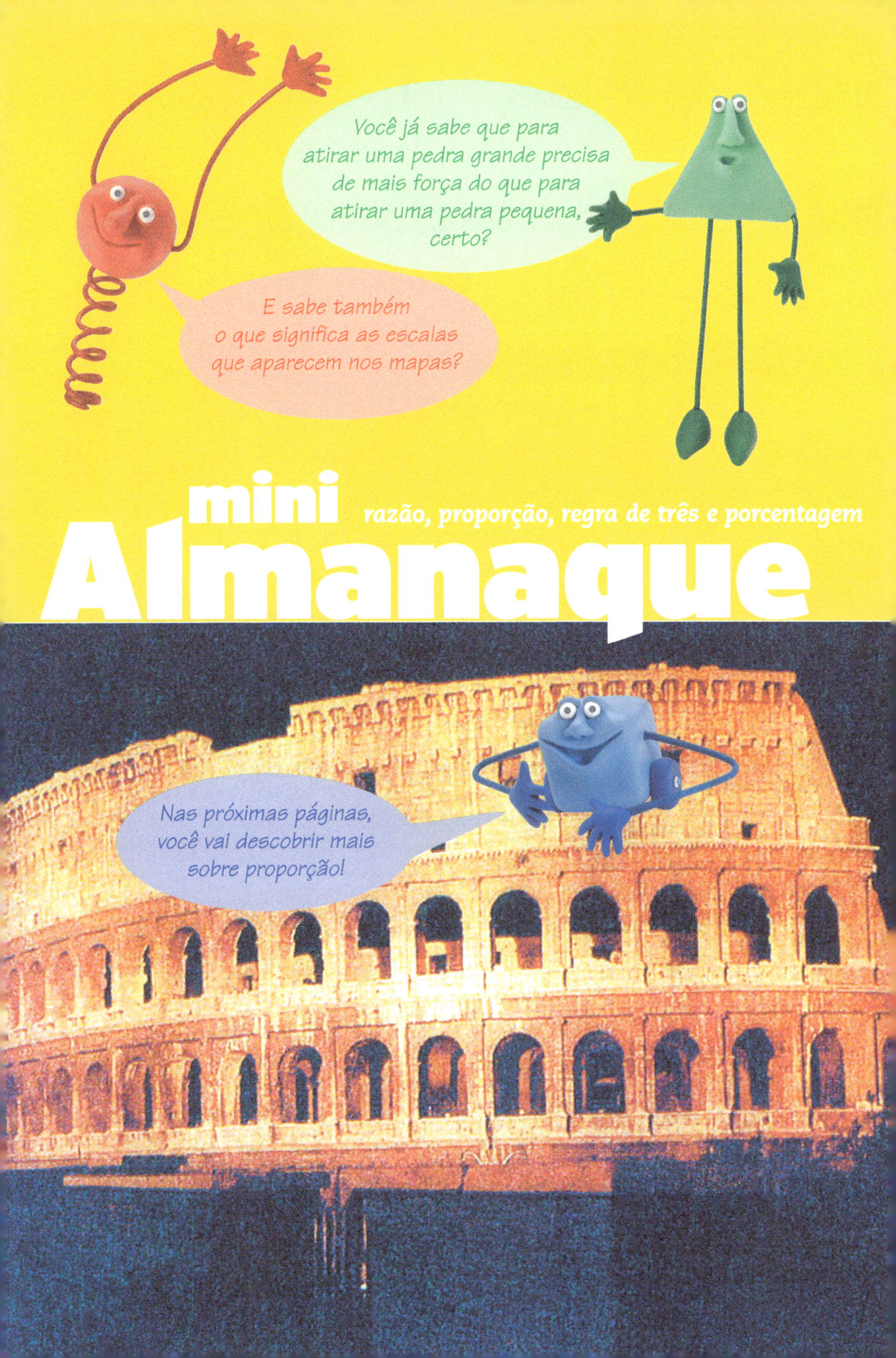
Você já sabe que para atirar uma pedra grande precisa de mais força do que para atirar uma pedra pequena, certo?
E sabe também o que significa as escalas que aparecem nos mapas?
mini
razão, proporção, regra de três e porcentagem
Almanaque
Nas próximas páginas, você vai descobrir mais sobre proporção!

Antigamente...

muito antigamente...

A noção de proporção é muito antiga. Nós todos sabemos que ave grande põe ovo grande, que árvore alta pode ter tronco grosso, que bicho grande tem muita força, que colmeia grande deve ter muito mel. Claro que há exceções!

Mais força, pulo maior

Paleolítico Superior

Até esse período, o conhecimento de proporções era intuitivo e *proporcional* ao desenvolvimento da sociedade. Mas, a partir dele (30 000 a.C.- 10 000 a.C.), quando surgiu o *Homo sapiens sapiens*, a noção de proporção ficou mais presente no dia a dia. E, então, o homem começou a fazer armadilhas proporcionais ao tamanho da presa desejada, flechas e lanças proporcionais à distância a que seriam arremessadas, cestos apropriados à quantidade depositada neles etc.

Os outros primatas devem possuir muitos desses conhecimentos, pois pulam de galho em galho e arremessam pedras. Parecem saber que para saltar uma grande distância precisam dar mais impulso; que para atirar uma pedra grande precisam de mais força.

Ao mesmo tempo, se desenvolvia a noção de **razão**. O homem já se perguntava, ainda que intuitivamente, qual era a quantidade de caça necessária para alimentar a tribo.

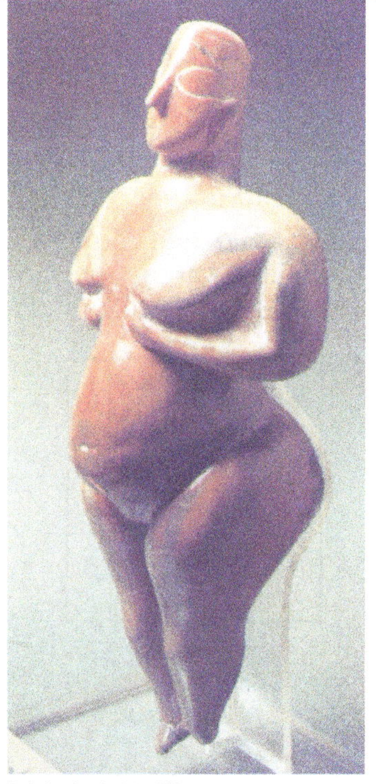
Estatueta do Neolítico

Neolítico

Nesse período, que vai de 5 000 a 2 500 a.C., o homem já polia a pedra, dedicava-se à cultura, à domesticação de animais, construía cidades e se via às voltas com questões mais específicas: quanto plantar para atender determinado número de pessoas? Quanto cozinhar para alimentar tantas pessoas? Mais pessoas necessitam de mais alimentos.

Ruínas do oráculo de Apolo, em Delfos

Período Histórico

Com o surgimento das cidades, os problemas se tornaram mais complexos: quantas pessoas deviam plantar para alimentar toda a sociedade? Por dia, quanto devia ser retirado do depósito de alimentos?

Curiosidades

Informações curiosas e divertidas

Dobrando fica dobrado?

Dobrando as medidas laterais de um cômodo, dobraremos a quantidade de lajotas necessárias para seu piso. Ou seja, a quantidade de lajotas é proporcional ao tamanho do cômodo.

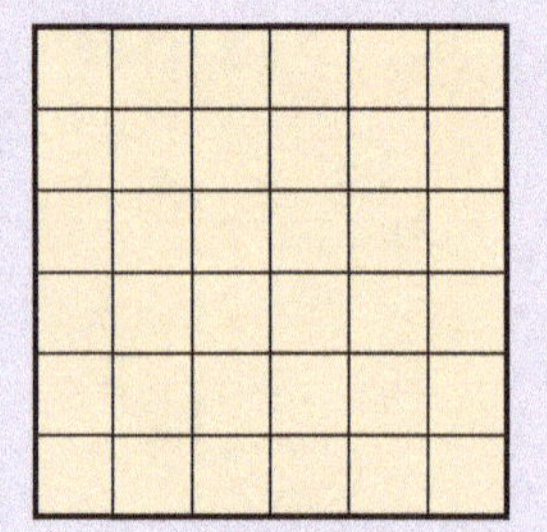

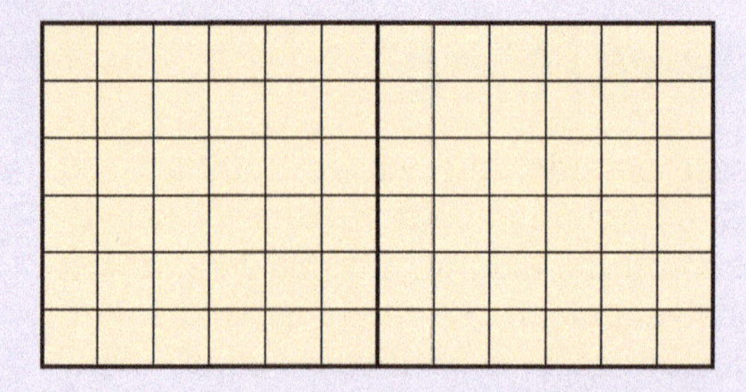

No entanto, se dobrarmos os dois lados do cômodo, não dobraremos a quantidade de lajotas. A nova quantidade será quatro vezes maior.

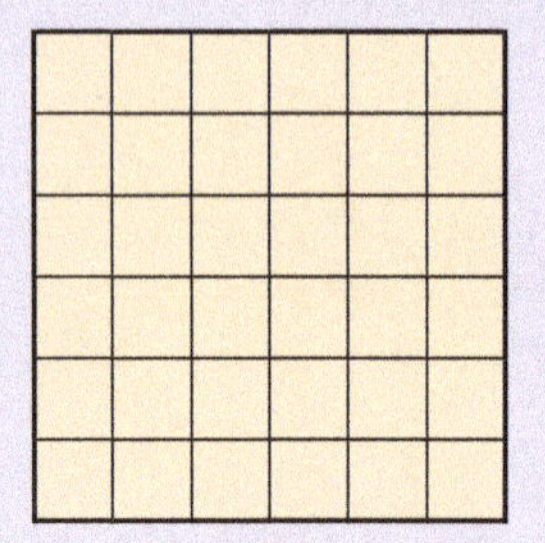

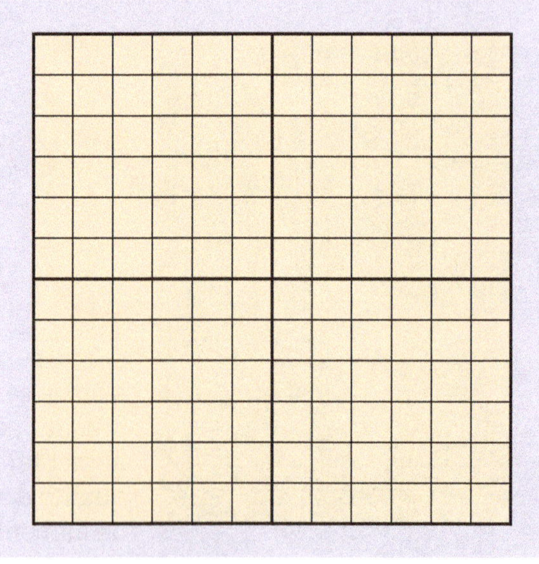

Densidade demográfica

Tóquio, a capital do Japão, nos dias de hoje

Densidade demográfica de uma região é a razão entre o número de habitantes dessa região pelo seu número de quilômetros quadrados. O resultado será dado da seguinte maneira: habitantes por quilômetro quadrado.

Por exemplo, o Brasil possui cerca de 170 milhões de habitantes para uma extensão de 8 500 000 km². Assim, o Brasil possui 20 habitantes por quilômetro quadrado. O Japão, por sua vez, possui 130 milhões de habitantes para uma extensão de apenas 372 000 km². Assim, o Japão possui 350 habitantes por quilômetro quadrado. A população do Brasil é maior que a do Japão, mas a densidade demográfica é menor.

Lucratividade

Seu Expedito montou uma loja com R$ 10 000,00 e lucra R$ 1 000,00 por mês. Seu Cândido tem mais dinheiro: montou uma loja com R$ 20 000,00 e lucra R$ 1 500,00 por mês. Seu Cândido tem um lucro maior que seu Expedito, mas a loja do seu Expedito é mais lucrativa. Para cada 100 reais, seu Expedito tem 10 reais de lucro, isto é, 10%. Para cada 100 reais, seu Cândido tem 7,50 reais de lucro, isto é, 7,5%. Se seu Expedito tivesse R$ 20 000,00, lucraria R$ 2 000,00 e não R$ 1 500,00.

É muito importante estabelecer este tipo de relação chamada *razão*.

Dia a dia

Matemática na prática

Escala

As escalas são um bom exemplo do uso das razões matemáticas na prática. Observe este trecho do mapa do Brasil.

Nele, cada centímetro equivale a 25 000 000 cm ou 250 km, por isso, a legenda nos informa que a escala é de 1:25 000 000. Desse modo, podemos saber a distância entre as cidades. Por exemplo, se medirmos a distância entre as cidades de São Paulo e Salvador, encontraremos cerca de 6 centímetros. Logo, a distância entre as duas cidades é de cerca de 1 500 km.

Velocidade e força

A engrenagem maior possui 24 dentes e a menor, 8. Portanto, um giro da engrenagem grande equivale a três giros da pequena para voltar à posição inicial. A razão é de 1 para 3, ou seja $\frac{1}{3}$.

Se o motor faz força na engrenagem grande e a pequena está ligada à roda, o carro terá grande velocidade. Se for o contrário, terá grande força e baixa velocidade.

Televisores

Nos televisores, as medidas da altura, da base e da diagonal da tela são proporcionais a 3, 4 e 5.

Tire a prova: meça a base da sua televisão. Divida o resultado por 4 e, depois, multiplique por 3. Pronto! Você encontrou a medida da altura da tela.

Quantas polegadas?

Uma polegada equivale a cerca de 2,5 centímetros!

Quando dizemos que um televisor tem 14 polegadas, estamos nos referindo à medida da diagonal da tela. Portanto, para saber de quantas polegadas é o aparelho da sua casa, basta medir a diagonal da tela. E, se estiver usando uma régua em centímetros, divida o valor encontrado por 2,5.

Jogos e desafios

Teste seus conhecimentos

1) Gabriel pediu para Gustavo e Lina fazerem uma bandeira do Brasil de 2,40 metros de comprimento. Qual será a largura da bandeira se a razão entre largura e comprimento for de 7 para 10?

2) Quantos giros dará a engrenagem pequena se a maior der 195 giros?

3) Uma escada de 10 metros, encostada em uma parede, atinge 8 metros de altura. Depois de subir 6 m de escada, a que altura estará o pintor?

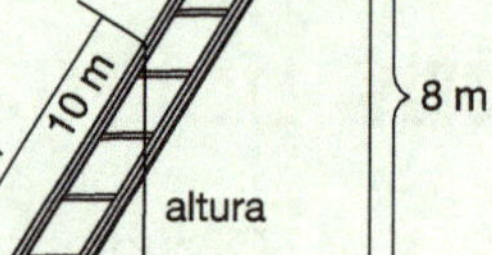

Respostas:
Jogos e Desafios

1. 1,68 m
2. $x = 195 \cdot 3 \Rightarrow x = 585$
3. $\frac{10}{8} = \frac{6}{x} \Rightarrow x = \frac{6 \times 8}{10} = 4{,}8$ metros